Max Velthuijs

مینڈک ہِیرو ہے

Frog is a Hero

Urdu translation by Gulshan Iqbal

MILET

آسمان پر گہرے بادل جمع ہو رہے تھے۔ سُورج بادلوں میں چُھپ گیا تھا۔

Dark clouds were gathering in the sky. The sun disappeared behind the clouds.

''بارش ہونا شروع ہوگئی ہے،'' مینڈک نے خُوش ہو کر سوچا۔ بارش کے پہلے قطرے پہلے ہی اُس کی ننگی پِیٹھ پر پڑ رہے تھے۔
مینڈک کو بارش بہت پسند تھی۔

"It's starting to rain," thought Frog happily. The first drops were already falling on his bare skin. Frog loved the rain.

جُونہی بارش تیز ہونی شروع ہُوئی وہ خُوشی سے ناچنے لگا۔ ''بارش ہو رہی ہے، بارش ہو رہی ہے۔ میری نیکر گیلی ہو رہی ہے!''
اُس نے اُونچی آواز سے گایا۔

He danced for joy as the raindrops fell thick and fast. “It’s raining, it’s raining. My shorts are soaking wet!” he sang loudly.

آسمان تاریک سے تاریک تر ہوگیا۔ اَب موسلا دار بارش ہو رہی تھی۔ یہ اَب مینڈک کی برداشت سے باہر تھا۔ وہ بھیگتا ہُوا گھر گیا۔

The sky got darker and darker. Now it was raining cats and dogs. This was a bit too much even for Frog. He ran home dripping wet.

مینڈک نے ایک اچھا گرم چائے کا کپ بنایا۔ بارش کے قطرے کھڑکی سے آکر لگتے لیکن اندر بہت آرام دِہ تھا۔
آخر کار تین دِن بارش ہونے کے بعد مینڈک بے چین ہوگیا۔ اُس نے بطخ، پیٹ اور خرگوش کے مُتعلق سوچا کہ وہ کیسے ہوں گے۔
اُس نے بارش ہونے کے بعد اُنہیں نہیں دیکھا تھا۔

Frog made himself a nice hot cup of tea. The raindrops pattered against the window but it was cosy inside.
After three days of rain however, Frog began to feel restless. He wondered how Duck and Pete and Hare were. He hadn't seen them since the rain started.

پانچویں دِن دریا میں پانی چڑھنا شروع ہوگیا۔ جلد ہی پانی مینڈک کے گھر میں بھر گیا۔
پہلے تو مینڈک نے اِسے مذاق سمجھا مگر اِس کے بعد اُسے فِکر ہُوئی۔

On the fifth day, the river began to rise. It wasn't long before water came streaming into Frog's house. At first, Frog thought it was funny but then he began to worry.

وہ جلدی سے بطخ کے گھر گیا۔ اُس کے گھر میں بھی پانی کا طُوفان تھا۔ ''یہ سارا پانی کہاں سے آ رہا ہے؟''
بطخ نے بے چین ہو کر پُوچھا۔
''دریا کے کنارے ٹُوٹ گئے ہیں،'' مینڈک چلایا۔ ''چلو پیٹ کے گھر چلیں۔''

He hurried over to Duck's house. It was flooded there as well. "Where is all this water coming from?" asked Duck desperately.
"The river has burst its banks," shouted Frog. "Let's go to Pete's house."

دونوں اکٹھے پانی میں تیرتے ہُوئے گئے۔

Together they waded through the watery landscape.

پیٹ چھت کے بالائی خانے سے جھانک رہا تھا۔
''میری ساری چیزیں گیلی ہوگئی ہیں،'' وہ چلایا۔

Pete was leaning out of his attic window.
"All my things are wet," he cried.

یہ سچ تھا۔ کُرسیاں اور میز کمرے کے اندر تیر رہے تھے۔ ہر چیز خراب ہو چکی تھی۔
وہ وہاں نہ ٹھہر سکے۔ ''چلو آؤ اور خرگوش کو دیکھیں،'' مینڈک نے تجویز کیا۔

It was true. Tables and chairs were floating around the room. Everything was in a mess.
They couldn't stay there.
"Let's go and see Hare," suggested Frog.

خرگوش کا گھر پانی کے درمیان جزیرے پر تھا۔ خرگوش نے دروازے پر کھڑے ہو کر اُن کو ہاتھ ہلایا۔
''اندر آ جاؤ،'' وہ چلایا۔ ''یہاں خُشک ہے۔''

Hare's house was on an island in the middle of the water. Hare stood at the door and waved to them.
"Come inside," he shouted. "It's dry in here."

اندر گرم تھا۔ شُکر کرتے ہُوئے چُولھے سے اپنے آپ کو سُکھایا اور خرگوش کو بتایا کہ اُن کے گھروں میں طُوفان کیسے آیا۔
''آپ سب کو یہاں رہنا چاہیئے،'' خرگوش نے کہا۔ ''یہاں بہت زیادہ جگہ ہے اور میرے پاس کھانے کو بہت کُچھ ہے۔''

It was warm inside. Gratefully, they dried themselves in front of the stove and told Hare how their houses had been flooded.
"You must all stay here," said Hare. "There's plenty of room and I've got plenty of food."

پِھر وہ تمام کھانے کے لئے بیٹھ گئے جو کہ خرگوش نے بنایا تھا۔ وہ بہت بُھوکے تھے اور اُنہوں نے سارا کھانا ختم کیا۔
تب رات کو آرام کے لئے تیار ہو گئے، بارش ابھی بھی کھڑکیوں سے ٹکرا رہی تھی۔

So they all sat down to a big pot of stew Hare had made. They were very hungry and they ate everything up. Then they settled down to a cosy evening, with the rain still pattering against the windowpanes.

وہ کُچھ دنوں تک خرگوش کے گھر مہمان رہے۔ وہ اکٹھے بہت خُوش تھے، جبکہ باہر لگاتار بارش ہوتی رہی۔

They stayed as Hare's guests for days. They were happy together, while outside it rained and rained.

تب ایک دِن اُنھیں پتہ چلا کہ اُن کے پاس روٹی کا آخری ٹُکڑا رہ گیا ہے۔
''ہمارے پاس کھانے کو اَب کوئی خوراک نہیں رہ گئی،'' خرگوش نے افسردگی سے کہا۔
''ہم مر جائیں گے اگر ہماری مدد نہ کی گئی،'' بطخ نے کہا۔
''مَیں مرنا نہیں چاہتا،'' مینڈک نے کہا، ''کبھی بھی نہیں۔''

Then, one day, they found they were down to their last loaf of bread.
"We have no more food left," declared Hare gravely.
"We'll die if we don't get help," said Duck.
"I don't want to die," said Frog, "ever."

اگلے دِن جب روٹی کا آخری ٹُکڑا رہ گیا۔ اُن سب کو بہت بُھوک لگی، لیکن کسی کو علم نہیں تھا کہ کیا کیا جائے۔
باہر بارش ہونا بند ہوگئی لیکن پانی ابھی بھی بہت چڑھا ہُوا تھا۔

The next day only the last crumbs of bread were left. They were all terribly hungry, but nobody knew what to do. Outside, it had stopped raining but the water was still very high.

''مَیں جانتا ہُوں!'' جلدی سے مینڈک چلایا۔ ''مَیں اُن پہاڑیوں پر جا کر کُچھ مدد لاؤں گا۔''

خرگوش متعجب ہُوا۔ ''یہاں بہت زبردست کرنٹ ہے اور رستہ بہت لمبا ہے،'' اُس نے کہا۔ ''یہ بہت خطرناک بھی ہے۔''

''لیکن مَیں یہ کام کر سکتا ہُوں،'' مینڈک نے جوش کے ساتھ کہا۔ ''مَیں آپ سب سے اچھا تیر سکتا ہُوں۔'' وہ جانتے تھے کہ یہ سچ ہے۔

"I know!" shouted Frog suddenly. "I'll swim across to those hills and fetch help."
Hare looked concerned. "The current is very strong and it's such a long way," he said.
"It's too dangerous."
"But I can manage it," cried Frog enthusiastically. "I'm the best swimmer of us all." They knew this was true.

تو بس مینڈک نے بہادری کے ساتھ پانی میں قدم رکھا۔ اُس کے دوستوں نے پریشانی کے ساتھ اُسے دیکھا۔ جلد ہی وہ کہیں دُور کھو گیا۔

So Frog stepped bravely into the water. His friends watched nervously. Soon, he disappeared into the distance.

پانی برف کی طرح ٹھنڈا تھا، لیکن مینڈک نے یہ نہ سوچا۔ اُس نے بطخ، خرگوش اور پیٹ کا سوچا جو کہ بُھوکے تھے۔

The water was ice cold, but Frog didn't think about it. He thought of Duck and Hare and Pete who were hungry.

جُونہی مینڈک آگے گیا بہت زور کا کرنٹ پڑا۔ مینڈک تھک گیا۔ وہ مُشکل سے آگے بڑھا۔
اچانک کرنٹ اُسے بہت دُور لے گیا۔

The further Frog swam, the stronger the current became. Frog felt tired. He was hardly making any headway.
Suddenly the current carried him away.

مینڈک ڈُوبنا شروع ہوگیا۔
"مَیں صِرف مینڈک ہُوں جو کہ اَب زیادہ نہیں تیر سکتا ہُوں،" مینڈک نے سوچا۔
"مَیں ڈُوب جاؤں گا۔ مَیں مر رہا ہُوں اور اَب کبھی اپنے دوستوں سے نہیں مِلوں گا۔"

Frog began to sink.
"I'm just a frog that can't swim any more," thought Frog.
"I'll drown. I'm going to die and I'll never see my friends again."

لیکن تبھی ایک پہچانی ہُو آواز آئی، ''ہیلو! ہم یہاں کِس لئے ہیں؟'' دو مضبوط بانہیں مینڈک کو پانی سے باہر نکال کر کشتی تک لائی۔ یہ چُوہے میاں تھے۔

مینڈک نے چُوہے کو طُوفان، بُھوک اور بارش کی ساری کہانی سُنائی اور بتایا کہ کسطرح سے اُس نے اُن کی مدد کرنے کا سوچا۔

Just then a familiar voice said, "Hello! What have we here?" Two strong arms pulled Frog out of the water and into a boat. It was Rat.
Frog told Rat all about the rain, the flood and the hunger, and how he had set out to get help.

‏''آپ فِکر نہ کریں،'' چُوہے نے کہا۔ ''میری کشتی میں سفر کا سارا سامان موجود ہے۔ اِس میں ہر کِسی‏
‏کے لئے کھانے کا بہت سامان ہے۔''‏
‏اور وہ خرگوش کے گھر کی طرف چل پڑا جہاں پر تین دوست مدد پہنچنے کا انتظار کر رہے تھے۔‏

"Don't worry," said Rat. "My boat is full of provisions for my travels. There's plenty of food here for everyone."

And he set sail for Hare's house, where the three friends were waiting for help to arrive.

پیٹ، بطخ اور خرگوش نے جب مینڈک کو کشتی کے ساتھ واپس آتے دیکھا تو بہت خُوش ہُوئے۔ لیکن یہ اُن کے ساتھ کون تھا؟

Pete, Duck and Hare cheered when they saw Frog return in a boat. But who was that with him?

بے شک، یہ اُن کا بہت اچھا دوست چُوہا تھا! اُن کو مُشکل سے یقین آیا۔

Of course, it was their good friend Rat! They could hardly believe their eyes.

اور چُوہے کے پاس بہت زیادہ خوراک تھی — روٹی، شہد، جام، مونگ پھلی کا مکھن، سبزیاں، آلو اور اِس کے علاوہ اور بہت کُچھ۔

And Rat had so much food on board—bread, honey, jam, peanut-butter, vegetables, potatoes and much more besides.

''چُوہے میاں، آپ نے ہمیں بچا لیا ہے،'' خرگوش نے کہا۔

''نہیں،'' چُوہے نے کہا، ''اِس کے لئے آپ کو مینڈک کا شُکریہ ادا کرنا چاہیئے۔ یہ مینڈک ہی تھا جو کہ اپنی جان ہتھیلی پر رکھ کر خطرناک طُوفان میں میرے پاس گیا۔''

اُن سب نے مینڈک کی طرف دیکھا۔ وہ فخر سے دمک رہا تھا۔ یہ بالکل صحیح نہیں ہے، لیکن پِھر بھی ۔۔۔

"Rat, you've saved us," said Hare.

"No," said Rat, "you have Frog to thank you for that. It was Frog who swam through the treacherous flood, risking his life to reach me."

They all looked at Frog. He was glowing with pride. It wasn't *exactly* true, but still . . .

لیکن اِس کے بعد حالات بہتر ہونے شروع ہو گئے۔ دوستوں نے اپنی جان بچانے کا جشن منایا، اور مینڈک اُن کا ہِیرو تھا۔
سُورج دوبارہ چمک رہا تھا اور پانی نیچے اُترنا شروع ہو گیا۔

From then on things got better. The friends celebrated their rescue, and Frog was
the hero.
The sun was shining again and the water was beginning to go down.

کُچھ روز بعد پانی اُتر چُکا تھا۔ مینڈک، بطخ اور پیٹ اپنے گھر واپس جانے کے قابِل ہُوئے۔

After a couple of days, the water had gone. Frog, Duck and Pete were able to return to their homes.

لیکن ہر چِیز گندی اور خراب ہو چکی تھی۔
''کوئی مُشکل نہیں،'' چُوہے نے کہا، اور اُس کی مدد سے اُنہوں نے چیزیں ٹھیک کر لیں جیسے پہلے تھیں۔
لیکن چیزیں بالکل پہلے کی طرح نہ رہیں۔ اُن میں سے کوئی بھی اُس خوفناک طُوفان کو نہ بُھول سکا۔

But everything was dirty and muddy.
“No problem,” said Rat, and with his help, they fixed things up as they had been before.
But things weren’t quite the same as before. None of them would ever forget the terrible flood.